Nel contagio
Paolo Giordano

コロナの時代の僕ら

パオロ・ジョルダーノ
飯田亮介訳

早川書房

コロナの時代の僕ら

NEL CONTAGIO
by
Paolo Giordano

Translated by
Ryosuke Iida
First published 2020 in Japan by
Hayakawa Publishing, Inc.
This book is published in Japan by
arrangement with
MalaTesta Literary Agency, Milan
through Tuttle-Mori Agency, Inc., Tokyo.

'Quello che non voglio scordare, dopo il Coronavirus' originally published
by *Corriere della Sera*, Italy on 20th March, 2020.

装画／高石瑞希
装幀／早川書房デザイン室

目次

地に足を着けたままで

今、コロナウイルスの流行が、僕らの時代最大の公衆衛生上の緊急事態となりつつある。この手の危機は初めてではない。これが最後ということもなければ、もっとも恐ろしい危機となることもないかもしれない。きっと、いったん終息すれば、過去に流行した多くの感染症を犠牲者の数で上回ることもないだろう。だが、今度の感染症はその登場から三カ月ですでにひとつの記録を樹立している。

新型コロナウイルスことＳＡＲＳ‐ＣｏＶ‐２は、こんなにも短期間で世界的流行を果たした最初の新型ウイルスなのだ。ほかのよく似たウイルスは、たとえば前回のＳＡＲＳ‐ＣｏＶ、いわゆるＳＡＲＳウイルスもそうだが、発生しても短期間のうちに鎮圧された。さらにＨＩＶをはじめとするほかのウイルスは、何年もかけてひっそりと悪だくみを練り上げてから、ようやく流行を始めた。

　ところがＳＡＲＳ‐ＣｏＶ‐２のやり方はもっと大胆だった。そしてその無遠慮な性格ゆえに、僕らが以前から知識としては知っていながら、その規模を実感できずにいた、ひとつの現実をはっきりとこちらに見せつけている。すなわち、僕たちのひとりひとりを――たとえどこにいようとも――互いに結びつける層《レイヤー》が今やどれだけたくさんあり、僕たちが生きるこの世界がいかに複雑であり、社会に政治、経済はもちろん、個人間の関係と心理にいたるまで、世界を構成する各要素の論理がいずれもいかに複雑であるかという現実だ。

　この文章を僕が書いている今日は、珍しい二月二九日、うるう年の二〇二〇年の土曜日だ。世界で確認された感染者数は八万五千人を超え、中国だけで八万人近く、死者は三千人に迫っている。少なくとも一カ月前から、この奇妙なカウントが僕の日々の道連れとなっている。

　現に今も、ジョンズ・ホプキンズ大学がウェブで公開している世界の感染状況を集計した地図を目の前の画面に開きっぱなしにしてある。地図上で感染地域は灰色の背景に鮮やかな赤丸で示されている。警告色だ。配色はもっと慎重に決めてみてもよかったかもしれない。でもきっと、ウイルスは赤、緊急事態は赤、と相場が決まっているのだろう。中国と東南アジアはたったひとつの大きな赤丸の下に隠れて見えない。しかし、残りの世界も赤いぶつぶつだらけだ。発疹《ほっしん》は悪化の一途を遂げるに違いない。

イタリアは、この不気味な競争の上位入賞を果たし、多くの人々を驚かせた。だが、これは偶然の産物だ。数日のうちに、ひょっとしたら突然、ほかの国々が僕たちよりもずっとひどい苦境におちいる可能性だってある。今回の危機では「イタリアで」という表現が色あせてしまう。

もはやどんな国境も存在せず、州や町の区分も意味をなさない。今、僕たちが体験している現実の前では、どんなアイデンティティも文化も意味をなさない。今回の新型ウイルス流行は、この世界が今やどれほどグローバル化され、相互につながり、からみ合っているかを示すものさしなのだ。

僕はそうしたすべてを理解しているつもりだが、それでもイタリアの上にある赤丸を見れば、暗示を受けずにはいられない。みんなと同じだ。僕のこの先しばらくの予定は感染拡大抑止策のためにキャンセルされるか、こちらから延期してもらった。そして気づけば、予定外の空白の中にいた。多くの人々が同じような今を共有しているはずだ。僕たちは日常の中断されたひと時を過ごしている。

それはいわばリズムの止まった時間だ。歌で時々あるが、ドラムの音が消え、音楽が膨らむような感じのする、あの間《ま》に似ている。学校は閉鎖され、空を行く飛行機はわずかで、博物館の廊下では見学者のまばらな足音が妙に大きく響き、どこに行ってもいつもより静かだ。

僕はこの空白の時間を使って文章を書くことにした。予兆を見守り、今回のすべてを考えるための理想的な方法を見つけるために。時に執筆作業は重《おも》りとなって、僕らが地に足を着けたままでいられるよう、助けてくれるものだ。でも別の動機もある。この感染症がこちらに対して、僕ら人類の何を明らかにしつつあるのか、それを絶対に見逃したくないのだ。いったん恐怖が過ぎれば、揮発性の意識などみんなあっという間に消えてしまうだろう。病気がらみの騒ぎはいつもそうだ。

読者のみなさんがこの文章を読むころには、状況はきっと変わっているだろう。どの数字も増減し、感染症はさらに蔓延して世界の文明圏の隅々《すみずみ》にいたるか、あるいは鎮圧されているかもしれない。だが、それは重要ではない。今回の新型ウイルス流行を背景に生まれるある種の考察は、そのころになってもまだ有効だろうから。なぜなら今起こっていることは偶発事故でもなければ、単なる災いでもないからだ。それにこれは少しも新しいことじゃない。過去にもあったし、これからも起きるだろうことなのだ。

おたくの午後

高校の最初の二年間、ひたすら数式を整理して過ごした午後のことは今もよく覚えている。教科書から物凄く長い記号と数字の列を書き写し、一歩一歩、式を変形し、0、$-1/2$、a^2、といった簡潔でしかも理解可能なかたちにしていく。窓の外が段々と暗くなり、風景が消え、やがてランプに照らされた僕の顔がガラス窓に浮かび上がる。平和な午後の数々。それは秩序のシャボン玉だった。自分の心の中のことも外のことも——

とりわけ中のほうだったが——何もかもが混沌に向かうように思えたあのころの僕にとっては。

文章を書くことよりもずっと前から、数学が、不安を抑えるための僕の定番の策だった。今でも朝起きてすぐ、その場で思いついた計算をしてみたり、数列を作ってみたりすることがあるが、たいていそれは、何か問題がある時の症状だ。そんな僕はおそらく、数学おたくと呼ばれても仕方のない人種なのだろう。別に構わない。気まずいが、まあ、自業自得ということにしておこう。でも、この瞬間、数学は単なるおたくの暇つぶしではなく、現在進行中の事象を理解し、自分の受けた暗示の数々を振り払うために欠かせぬ道具となっている。

感染症の流行はいずれも医療的な緊急事態である以前に、数学的な緊急事態だ。なぜかと言えば、数学とは実は数の科学などではなく、関係の科学だからだ。数学とは、実体が何でできているかは努めて忘れて、さまざまな実体のあいだの結びつきとやり取りを文字に関数、ベクトルに点、平面として抽象化しつつ、描写する科学なのだ。

そして感染症とは、僕らのさまざまな関係を侵す病《やまい》だ。

感染症の数学

それはますます厚く垂れこめる暗雲のごとく水平線の上に見えていたが、中国はやはり遠く、誰もがまさかと思っていた。だから新型ウイルスの流行が勢いよくここまで達した時、僕らはみんな仰天した。信じがたい思いをまぎらわせるために僕は数学に頼ることにした。まずは手始めにＳＩＲモデルを使った。あらゆる感染症の透明骨格標本とも言える道具だ。

ひとつ大切な区別をしておきたい。SARS-CoV-2は今回の新型ウイルスの名前で、COVID-19は病名、つまり感染症の名前だ。どちらも覚えにくく、個性に欠ける名前だ。もしかすると心理的な衝撃を軽くするためにわざとそんな名前にしたのかもしれないが、いずれにせよ、一番よく使われているコロナウイルスという通称よりはずっと正確だ。だから僕はこのふたつの名前を使おうと思う。ただしわかりやすくするためと、二〇〇三年のSARSとの混乱を避けるため、ここからはSARS-CoV-2のことはCoV-2と省略して呼ぶことにする。

CoV-2は人類が知る限りもっとも単純な生命体だ。その行動を理解するためには、僕らもウイルスの低い知能レベルまでいったん降りて、ウイルスが見ているように人類を見てみないといけない。さらに、CoV-2は僕らの個性に対しほとんどなんの関心も持っていないという事実も覚えておく必要がある。僕らの年齢も、性別も、国籍も、好みも、

ＣｏＶ‐２にとっては無意味だ。ウイルスの前では人類全体がたった三つのグループに分類される。まずは感受性人口、つまりウイルスがまだこれから感染させることのできる人々で、感受性保持者とも呼ばれる。次が感染人口、ウイルスにすでに感染した感染者たち。そして最後に隔離人口、ウイルスにはもう感染させることのできない人々だ。

この感受性人口（Susceptibles）、感染人口（Infectious）、隔離人口（Removed）の頭文字を並べたのが、ＳＩＲだ。

僕のコンピューターの画面で明滅するジョンズ・ホプキンズ大学の感染地図によれば、全世界の感染人口は約四万人、犠牲者と回復者を合わせた隔離人口は、それよりも少し多い。

しかし注目すべきはそのどちらでもなく、地図に表示されていない第三のグループだ。問題のＣｏＶ‐２感受性人口は——新型ウイルスがまだ感染させることのできる人々は——七五億人近くもいる。

アールノート

仮に僕たちが七五億個のビリヤードの球だったとしよう。僕らは感受性保持者で、今は静止している。ところがそこへいきなり、感染した球がひとつ猛スピードで突っこんでくる。この感染した球こそ、いわゆるゼロ号患者だ（訳注／未感染の集団に病気を最初に持ちこむ患者）。ゼロ号患者はふたつの球にぶつかってから動きを止める。弾かれたふたつの球は、それぞれがまたふたつの球にぶつかる。次に弾かれた球のどちらもやはりふたつの球にぶつかり……あとはこのパターンが延々と繰り返される。

感染症の流行はこうして始まる。一種の連鎖反応だ。その初期段階には、数学者が指数関数的と呼ぶかたちで感染者数の増加が起きる。時がたつにつれて、ますます多くの人々が、ますます速いスピードで感染するのだ。それがどのくらいのスピードになるかは、あるひとつの数字にかかっている。あらゆる感染症の秘められた核心とも呼ぶべきこの数字は基本再生産数と呼ばれ、R_0という記号で示される。記号の読み方は「アールノート」で、どんな病気にも必ずR_0がある。ビリヤードの球の例だと、R_0は2ぴったりで、各感染者が平均ふたりの感受性保持者を感染させる、ということを示している。今回のCOVID-19の場合、R_0は2・5ぐらいではないかと言われている（WHOは二〇二〇年三月の時点でCOVID-19のR_0を2・0～2・5のあいだと見込んでいる）。

この値がはたして高いのか低いのかという問いに答えるのは難しい。

そもそもあまり意味のない問いだ。たとえば麻疹《はしか》のR_0が15程度になるのに対し、前世紀のスペイン風邪のそれは約2・1とずっと低かった。それでもスペイン風邪は何千万という人々を死にいたらしめた。

今、僕たちが関心を持つべき事実は、R_0が1より小さくない限り、つまり、ひとりの感染者から伝染する人数が1未満でなければ、状況はけっして楽観できないという事実のほうだ。R_0が1未満であれば、伝播《でんぱ》は自ら止まり、病気は一時《いっとき》の騒ぎで終息する。逆にR_0がほんの少しでも1より大きければ、それは流行の始まりを意味している。

ただし希望はある。R_0は変化しうるのだ。変化が起こるかどうかはある意味、僕ら次第だ。僕たちが感染のリスクを減らし、ウイルスがひとからひとへと伝染しにくいように自分たちの行動を改めれば、R_0は小さくなり、感染拡大のスピードが落ちる。これこそ僕たちが最近、映画館に行かなくなった理由だ。必要な期間だけ我慢する覚悟がみんなにあれば、ついにはR_0も臨界値の1を切り、流行も終息へと向かうはずだ。R_0を下げることこそ、僕たちの我慢の数学的意義なのだ。

このまともじゃない非線形の世界で

午後になると僕は、国の災害対策を担《にな》う市民保護局が毎日行う全国の感染状況発表を待つ。それ以外はもう興味がない。ほかにも世界では色々なことが相変わらず起きているし、重要な事件がニュースで報じられもするが、僕は目もくれない。

二月二四日、確認済みの国内感染者数は二三一人だった。翌日は三二二人に増え、翌々日も四七〇人まで増えた。あとは六五五人、八八八人、一一二八人と増えていき、今日、雨の三月一日は一六九四人となっている。状況は望ましくない。僕らが期待していたものとも違う。

もっと扱いやすい数字にするため、仮に昨日の感染者数が一〇人で、今日は二〇人だとしてみよう。するとひとは直感的に、明日、市民保護局が発表する感染者の合計は三〇人だろうと予測する。そして、次の日もその次の日も一〇人ずつ増えていくはずだと思う。何かが成長する時、増加量は毎日同じだろうと考える傾向が僕らにはある。数学的に言えば、僕たちは常に線形の動きを期待してしまうのだ。この本能的反応は自分でもどうにもならないほどに強い。

ところが実際の感染者数の増え方は、時につれどんどん速くなってゆく。一見、手に負えない状況にさえ思える。そうしようと思えば僕には、『これもまた、人類を出し抜くためにウイルスが見つけ出した手管《てくだ》のひとつだ』と書くこともできるが、それはＣｏＶ‐２の貧弱な知能を買いかぶりすぎだ。現実には、そもそも自然の構造が線形ではないのだ。自然は目まぐるしいほどの激しい増加（指数関数的変化）か、ずっと穏やかな増加（対数関数的変化）のどちらかを好むようにできている。自然は生まれつき非線形なのだ。

感染症の流行も例外ではない。とはいえ科学者であれば驚かないような現象が、それ以外の人々を軒並《のきな》み怖がらせてしまうことはある。こうして感染者数の増加は「爆発的」とされ、本当は予測可能な現象にすぎないのに、新聞記事のタイトルは「懸念すべき」「劇的な」状況だと謳《うた》うようになる。まさにこの手の「何が普通か」という基準の歪曲が恐怖を生むのだ。COVID-19の感染者数は今、イタリアでもほかのどこでも増え方が安定していないが、今の段階ではこれよりもずっと速く増加するのが普通で、そこには謎めいた要素などまったく存在しない。どこからどこまで当たり前のことなのだ。

流行を止める

「成長がどんどん速くなるものをどうしたら止められるの？」

「大いなる力、大いなる献身、大いなる忍耐が必要だ」

先ほど説明したように、感染症流行への対抗手段はR_0の値をなんとかして下げることだ。それは、水道の元栓《もとせん》を開いたまま蛇口の修理をするのと似ている。水道管を流れる水の圧力が非常に高ければ、僕らは何よりもまず、こちらの目に勢いよく飛びこんでくる水の勢いを殺さなくてはいけない。これが力の段階だ。

R_0を必要な期間だけ臨界値より低く抑えることができれば――必要な期間というのは、現在までの感染者がひとり残らず明らかとなり、全員が一様《いちよう》に隔離され、その大半の感染性期が過ぎるのに必要な時間だ――流行の勢いはついに衰えを見せるだろう。感染者数はさらに増えるだろうが、増え方がゆっくりになる。これが献身の段階。

ただ、前にR_0について説明した時、僕は話を急ぎすぎた。実は悪い知らせもひとつある。それは、流行の抑止を目指す特別対策の厳しさが緩んだとたんに、中国でもイタリアでも、おそらくはR_0がその「本来の」値である2・5にひと息に戻ってしまうだろう、というものだ。水圧のかかった水道管をふさいでいた手を離せば、水はまた元の勢いで噴出を始める。つまり、感染者がまたしても指数関数的に増え始めるわけだ。

こうしてもっとも困難な第三の段階、忍耐の段階が始まる。

最善を望む

昨日、夕食に招かれて友人の家に行った。これが最後だ、僕はそう自分に言い聞かせた。感染者数が二千人を超えたら、自主的に隔離生活を始めるつもりでいるからだ。友人の家に入った時、僕は誰の頰《ほお》にも挨拶のキスをしなかった。みんなには少し気を悪くされたが、それ以上に戸惑わせてしまったようだ。僕はきっと、今度のウイルスの流行にとらわれすぎなのだろう。たしかに僕には心気症の気《け》があり、ふた晩に一度は妻に頼んで、額に触れ、熱がありやしないか確かめてもらうほどだが、それが原因ではない。僕は病気になるのは別に怖くない。じゃあ何が怖いかって？　流行がもたらしうる変化のすべてが怖い。見慣れたこの社会を支える骨組みが実は、吹けば飛んでしまいそうに頼りない、トランプでできた城にすぎなかったと気づかされるのが怖い。そんな風に全部リセットされるのも怖いが、その逆も怖い。恐怖がただ過ぎ去り、なんの変化もあとに残さないのも、怖い。

夕食の席ではみんな口々に、「一週間も過ぎたころにはすっかり解決してるよ」「そう、大丈夫、あと何日かすればきっと元の生活に戻れる」そんなことばかり言っていた。そうしたなかで僕は女性の友人に、どうしてずっと黙っているのかと尋ねられたが、肩をすくめて答えなかった。心配性の口うるさい人間だと思われたくなかったのだ。下手をすると、縁起が悪い男だと敬遠されるおそれだってある。

CoV-2に対する抗体は持たぬ僕らも、どんな困った状況にでも対坑できるそれならば持っている。何かにつけ、始まりの日付と終わりの日付を知りたがるのはそのためだ。僕らは自然に対して自分たちの時間を押しつけることに慣れており、その逆には慣れていない。だから流行があと一週間で終息し、日常が戻ってくることを要求する。要求しながら、かくあれかしと願う。

でも、感染症の流行に際しては、何を希望することが許され、何は許されないかを把握すべきだ。なぜなら、最善を望むことが必ずしも正しい希望の持ち方とは限らないからだ。不可能なこと、または実現性の低い未来を待ち望めば、ひとは度重なる失望を味わう羽目になる。希望的観測が問題なのは、この種の危機の場合、それがまやかしであるためというより、僕らをまっすぐ不安へと導いてしまうためなのだ。

流行を本当に止める

「じゃあ、流行を本当に止めるにはどうすればいいの？」

「ワクチンを使うんだ」

「でもワクチンがなかったら？」

「その時はさらなる忍耐が必要になるね」

疫学者であれば、この手の流行を止める唯一の方法とは感受性人口を減らすことだと知っている。感受性人口の密度をぐっと下げて、伝染がありえないほどまばらにする必要があるのだ。ビリヤードの球と球の間隔を広げなくてはいけない。そして感染者が命中する球が十分に少なくなった時、連鎖反応は止まる。

ワクチンには、人々を感受性人口から発症を経ずに隔離人口へと移行させる数学的な力がある。僕たちが自分をウイルスから守ってくれるワクチンに関心を持つのは当然だが、感染症の研究者はさらに強い関心を持っている。ワクチンがみんなを感染症の流行から守ってくれるからだ。ただし誰もがワクチンの接種を受ける必要はなく、接種済み人口がかなりの割合に達し、いわゆる「群れの免疫」（ウイルスの感染拡大をあえて待つことで感染率を高め、集団免疫を獲得する防疫対策）が実現されれば、ことは足りる。

しかしＣｏＶ‐２はビギナーズラックに恵まれ、抗体もなければワクチンもない、丸腰の僕たちの不意打ちに成功した。ＣｏＶ‐２は人類にとってまだ新しすぎるのだ。ＳＩＲモデルで言えば、「新しい要素だらけのウイルス」＝「誰もが感受性人口」ということになる。

だから僕たちは必要な時間だけ耐え抜かなければならない。今のところこちらに備えのある唯一のワクチンは、少々面倒ではあっても、慎重さを保つことだけなのだから。

慎重さの数学

僕はなんとしてでも山にたどり着きたかった。大学の試験期間明けのご褒美に、スキーバカンスに向かうところだったのだ。同行する友人一同もやはり前進にこだわっていたし、何もかも前払い済みで、アルプス山麓のレ・ドゥザルプのホテルの宿泊費はもちろん、せっかちなことに一週間のスキーパスまで買ってあった。

サルベルトラン村のトンネルを抜けたところで、僕らは吹雪に出くわした。道路はまだきれいだったから、降り出して間もなかったのだろう。みんなで話しあい、きっとなんとかなるだろう、そう結論した。一〇キロメートルほど進んだところで、路肩に停まっている車列に僕らも並び、チェーンを装着した。チェーン装着に付きものの悪戦苦闘があった。初めてだったから、なおさら苦労した。ようやく、さて出発しようとなった時、路面の雪はくるぶしの高さまで積もっていた。僕は父に電話をした。父はきわめて冷静に、ある種の状況下ではあきらめることが唯一の勇気ある選択だと告げた。

こうして僕は父に慎重であることの大切さを教わった。だが、あの時、父に教わったことはもうひとつあった。慎重な態度の数学的根拠だ。

父の昔からの強迫観念のひとつにスピードの出しすぎがある。父は、高速道路でミサイルみたいに飛ばす車に追い越されるたびに、あの運転手はきっと知らないだろうが、衝突の衝撃というものは、車のスピードに比例して増えるのではなく、スピードを二乗した比率で増えるんだぞ、と同じことを言った。僕はまだ子どもで、父の言葉を正しく理解するために必要な知識を身につけるのはずっと先の話だった。それから何年もして、僕は父の言葉を物理学の観点から再解釈した。事実、動いている物体のエネルギーを示す運動エネルギー（E）の公式に登場するのは、単なるスピード（V）ではなく、スピードの二乗（v^2）なのだ。

$$E = 1/2\, mv^2$$

つまり、衝突とはエネルギーであり、父は僕に、線形の増加と非線形の増加の違いを説明してくれていたのだ。あれは、直感的な発想は間違っていることもあるぞ、という警告だった。高速道路で制限速度を超えるという行為は、僕が思っていたよりも危険という程度では済まない、ずっとずっと危険なことだったのだ。

手足口病

ミラノでは大学を含めたすべての学校に美術館、劇場、スポーツジムが閉鎖された。僕の携帯にはひと気のない中心街の写真が続々と届いている。三月二日の夏休み、といった雰囲気だ。ここローマではまだ日常の空気が流れているが、条件付きの日常だ。どこに行っても、何かが変わりつつあるのはわかる。

新型ウイルスの流行は僕らの人間関係にすでにダメージを与えており、

多くの孤独をもたらしている。集中治療室に収容され、一枚のガラス越しに他者と会話をする患者の孤独もそうだが、もっと一般的に広まっている別の孤独もある。たとえばマスクの下で固く閉ざされた口の孤独、猜疑《さいぎ》に満ちた視線の孤独、ずっと家にいなければならない孤独がそうだ。感染症の流行時、僕らは自由でありながらも、誰もが自宅軟禁の刑に処された受刑者なのだ。

一二歳になる一週間前、僕は手足口病と呼ばれる病気にかかった。その名のとおり、唇の周囲と手足に水泡ができた。熱はなく、かゆみを除けば気分も悪くなかったが、感染力のとても強い病気だったので、一種の自宅隔離を余儀なくされた。僕は親から白い布手袋を渡され、自分の部屋を出る時はそれをはめろと言われた。『透明人間』と同じだ。たわいもない発疹の一種だったが、あの日々のとても寂しく、打ちのめされた気分はまだ覚えている。誕生日には泣いたものだ。

誰だって仲間はずれにされるのは嫌だ。世界との別れが一時的なものだとわかったところで、苦しみは消えてくれない。みんなと一緒にいたい、みんなのあいだにいたい、大切なひとと一メートル未満の接近をしたい。僕らのそうした気持ちはとてつもなく強い。呼吸にも似て、絶え間なく覚える欲求だ。

だから僕らは反抗してしまう。勝手に決められてたまるか、世間とのつきあいをウイルスなんかに邪魔させないぞ。一カ月？　一週間？　冗談じゃない、一分間だって嫌だ。みんなでそうしなきゃいけないと言うけれど、誰の言うことが本当に正しいんだ？

隔離生活のジレンマ

感染症の流行は数学の冷徹な抽象化を用いれば、ひとつの大規模なゲームでもある。不気味なゲームだが、ゲームはゲームだ。ルールもあれば、戦略もあり、目標だってきちんとあって（我を失わない、または、病気にならない）、そしてもちろん、僕らがプレイヤーだ。ゲーム名は「隔離生活のジレンマ」とでもしようか。

仮に友だちの誕生日パーティーが予定されていたとしよう。それも今夜だ。普通、月曜日の夜にパーティーなんてまずないが、それはさておく。会場はとても狭い店だ。しかし今や保健大臣が、いや、それどころか世界保健機関（WHO）まで、集会は避けて、咳やくしゃみをする者からは安全距離を保てと勧告している。常識的に考えても、パーティー会場でほかの参加者と一メートルの最低距離など保てないに決まっている。そもそも、考えてみただけでも悲しすぎるじゃないか。

招待を受けた僕らにはそれぞれ、ふたつの選択肢がある。無事を祈りつつ参加するか、それとも、自分は家に残り、楽しんでいるみんなの姿を恨めしげに思い浮かべるか、だ。残りの招待客もみんな同じ選択肢のあいだで揺れているはずだ――そう考えた僕は、意地悪くこんな期待をする。ほとんどのひとが参加をあきらめて、行ってみたら普段より空いていた、ということだってないとは言えない。それが理想だな――でもそこで、こんな自問をする。もしもみんながみんな、僕と同じ結論に達したらどうする？　みんなが幸運に賭けようと決め、しかも僕らのなかにひとりでも感染者がいたら……。考えるだけでもぞっとする。

　いつものように数学は細かいことは気にせず、招待客それぞれの選択に数値を与え、一枚の表にそれを整然と入力し、ひとつのセルから別のセルへと移動しながら、何が起きるかを観察する。すると損をする者もあれば、得をする者も出てくる。そして最後に数学は、僕らの考えたものとは別の結論を手にこちらに戻ってくる。一度聞いただけではすっと頭には入らない、その答えはこうだ。自分の損得勘定だけにもとづいた選択はベストな選択とは言えない。真のベストな選択とは、僕の損得とみんなの損得を同時に計算に入れたものだ……。

　つまり、残念だが、パーティーは次回にお預けだ。

運命論への反論

　このように感染症の流行は、集団のメンバーとしての自覚を持てと僕たちに促《うなが》す。平時の僕らが不慣れなタイプの想像力を働かせろと命じ、自分と人々のあいだにはほどくにほどけぬ結びつきがあることを理解し、個人的な選択をする際にもみんなの存在を計算に入れろと命じる。感染症の流行に際して僕たちは単一の生物であり、ひとつの共同体に戻るのだ。

ここで、このところよく耳にする、ある種の異議について触れておきたい。それは、「ウイルスによる死亡率はどうやら低そうだし、特に僕のように健康で若い人間にとっては問題がなさそうだ。ならば、僕らは個人的なリスクを自分の責任で負って、日常生活を続けてみてもいいのではないだろうか。この手のちょっとした運命論の主張は、自由な市民の神聖な権利ではないだろうか」というものだ。

駄目だ。僕たちはリスクを冒すべきではない。これには少なくともふたつの理由がある。

ひとつ目は数的な理由だ。CoV-2は、入院を必要とする感染者の率が馬鹿にできないほど高いのだ。今後変化する可能性はあるが、現時点の複数の推定によれば、実に感染人口の約一〇%が入院している。そこへ短期間で感染者が急増すれば、相当に大きな数字の一〇%が入院し、ベッドも看護師も不足する事態を招く結果となるだろう。それは医療システムを崩壊させるのに十分なほど大きな人数だ。

ふたつ目の理由は、単純に人道的なものだ。こちらの理由には、感受性人口のうち特に感染のおそれが高いグループが関係してくる。高齢者をはじめとする健康弱者だ。ここでは超感受性人口と呼ぶことにしよう。若くて健康な僕らがウイルスに隙を見せれば、脆弱《ぜいじゃく》な彼らの身近にそれを自動的に運ぶことになる。感染症の流行時に感受性保持者が我が身を守らなくてはならないのは、他者を守るためでもあるのだ。感受性人口は流行を防ぐ隔離線でもある。

要するにこうした感染症の流行に際しては、僕らのすること・しないことが、もはや自分だけの話ではなくなるのだ。このことはずっと覚えていたいものだ。今回の騒ぎが終わったあとも。

そこでひとつ、簡潔な標語、記憶すべきスローガンのようなものはないかと探してみた。すると一九七二年の『サイエンス』誌にあった。

「More Is Different」すなわち「多は異《い》なり」だ。物理学者のフィリップ・ウォーレン・アンダーソンがこの言葉を記した時、その頭にあったのは電子と分子の話だったが、これは僕らについて述べた言葉でもある。ひとりひとりの行動の積み重ねが全体に与えうる効果は、ばらばらな効果の単なる合計とは別物だということだ。アクションを起こす僕らが大勢ならば、各自のふるまいは、理解の難しい抽象的な結果を地球規模でいくつも生む。感染症流行時に助け合いの精神がない者には、何よりもまず想像力が欠けているのだ。

もう一度、運命論への反論

僕らが心配しなくてはいけない共同体とは、自分の暮らしている地区でもなければ町でもない。さらには州でもなければイタリアでもなく、ヨーロッパですらない。感染症流行時の共同体と言えば、それは人類全体のことだ。

この国の医療システムを守るために我々国民がどれだけ努力をしてきたか――もしも僕らがそんな自画自賛をしているところならば、それはすぐにやめていい。ひとつ新しい考え方を提案したい。もっと挑発的な考え方だ。想像してみてほしい、COVID‐19が猛烈な勢いでアフリカに伝播したら――必ずそうなるだろうが――それも、僕らの国よりも医療施設にずっと乏しい土地に伝播したらどうなるだろう？　あるいはそんな施設などまったくない土地で流行してしまったら？

二〇一〇年に僕は、国境なき医師団のミッションを取材するためコンゴ民主共和国の首都キンシャサを訪れた。ミッションの目的はHIVの予防と陽性患者の支援、なかでも売春婦とその子どもたちの支援だった。その時に訪れた、とある巨大なバラックの記憶は今も鮮やかだ。そこは娼館の役目を果たしていて、各家庭は汚らしいカーテンで隔てられ、女たちは、障碍を抱えた我が子の前で春を売っていた。こうもはっきりと覚えているのは、あんなにも圧倒的で、非人間的な貧困を見るのは初めてだったからだ。ショックだった。

僕は今、ウイルスがあの大きなバラックの中に到来するところを想像している。僕らが流行の抑制に十分努力をしなかったがために、今夜の誕生パーティーにどんな犠牲を払ってでも行きたがったために。その時、僕らの特権的な運命論の責任は、いったい誰が取るのだろう？

同じ感受性保持者でもそれぞれの感染のしやすさは異なっているが、超感受性保持者にしても各人が持つ脆弱性《ぜいじゃく》は、高齢や病歴だけが理由とは限らない。社会的原因、経済的原因による無数の超感受性保持者がいるのだ。彼らの運命は、地理的にはいくら遠かろうとも、僕らにとってきわめて身近な話だ。

誰もひとつの島ではない

高校生のころ反グローバル化のデモがたくさんあった。僕は一度だけ参加してみたが、がっかりして帰ってきた。いったい自分たちがなんについて不平を言っているのかがわからなかった。何もかもがひどく抽象的で、一般的にすぎたのだ。それに正直に言えば、僕はグローバリズムが好きですらあった。おかげで素敵な音楽も、旅行もたくさん楽しめそうだったから。

今でも「グローバル化」と口に出してみると戸惑ってしまう。あいまいで多面的な概念に聞こえるためだ。でも、その輪郭《りんかく》くらいは見当がつくようになった。グローバル化の周辺で生じる効果の数々が全体像を描いてみせるからだ。たとえば、感染症の世界的流行《パンデミック》もそんな効果のひとつなら、この新しいかたちの連帯責任、もはや僕らの誰ひとりとして逃れることの許されない責任もそうだ。

誰ひとりとして逃れられない、というのは過剰表現ではない。互いに作用しあう人間のあいだをペンで線を引いてつないだら、世界は真っ黒な落書きのかたまりになってしまうだろう。二〇二〇年の今や、どんなに俗世と隔絶した暮らしを送る隠者さえ、最低限のコネクションを割り当てられる。数学のグラフ理論的な表現をすれば、僕らが生きているこの世界は、きわめて多くのつながりを持つひとつのグラフなのだ。ウイルスはペンの引いた線に沿って走り、どこにでも到達する。

詩人ジョン・ダンの瞑想録に由来する「誰もひとつの島ではない」という使い古された文句があるが、感染症においてはその言葉が、これまでにない、暗い意味を獲得する。

飛ぶ

僕らはビリヤードの球ではない。人間だ。欲望とストレスを山と抱える生き物だ。そして人間は何より、用事を山ほど抱えている。僕らは過去のどんな世代よりも頻繁に、ずっと遠くまで移動するし、祖先であればきっと目を回したであろうほど多くの人々とやり取りをする。

僕たちがひどい風邪にかかると、体内のウイルスも宿主とともに移動し、あちこちに撒き散らされることになる。ミラノにも、ロンドンにも、一日置きに買い物に行くスーパーマーケットにも、このあいだの日曜に昼食に行った両親の家にも。感染症は分け隔てをしない。くしゃみをすると特にまんべんなく広がる。感染人口の大半が無症状のままだとさらに効果的だ。ミツバチと風が花粉を運ぶように、僕らは不安の種と病原体を運ぶ。

二〇〇二年、SARS‐CoVが中国南部の広東省で初登場した。やがてひとりの男性医師が院内感染し、香港のホテルにウイルスを運んだ。そのホテルでふたりの女性が感染、それぞれカナダのトロントとシンガポールに移動したため、両国でも集団感染が発生した。さらに複数のルート経由でSARS‐CoVはヨーロッパをもかすめたが、この時は何事もなく済んだ。

空の旅はウイルスの運命を大きく変え、従来よりはるか遠い大地を、ずっと速く征服できるようにした。だが、移動手段は飛行機だけではない。鉄道もあれば、バスもあり、乗用車もあれば、今では電動キックボードまである。同時にさまよう七五億の民。まさにそれこそがコロナウイルスの交通網なのだ。速くて、快適で、津々浦々まで張り巡らされた、まったく僕ら好みのネットワークだ。

感染症の流行時は、人類の有能さが人類の不幸の種ともなる。

カオス

そんな無数の移動がひとつの巨大なカオスを構成する。「カオス」と聞くと僕らは何か、数学の手には負えないもの、そもそも理性ではどうにもならないものといった印象を受けがちだ。しかしそれは違う。混乱さえ制御できる高度な技術はいくつも存在するし、ひとつのカオス系が今後どのように進化するかを観察するための方程式だってある。より正確に言えば、そのための連鎖する複数の方程式からなるグループがいくつもある。

たとえば天気予報の機能はだいたいこんな感じだ。まず気象学者が、各地に点在する無数の温度計に気圧計の示す値、衛星写真、風速に降水量の記録を集め、そうした莫大《ばくだい》なデータを大気モデルの方程式に投入する。そしてコンピューターでシミュレーションを始めれば、確率と組み合わされた明日の天気予報を得られるというわけだ。

しかし今日は二〇二〇年三月三日であり、僕たちが取り組んでいる予報は天気のそれではない。この予報には並大抵ではない多くのデータが必要だ。まずは世界各地を細かく区切った狭い範囲のそれぞれに住民がどれだけいて、どこに行こうとしているのかを調べなくてはいけない。つまりは全人類の動きだが、それだけではまだ足りない。もしも僕ら自身が変わり、通勤をやめ、安全距離を保ち、おおいに不安を覚えるようになれば、感染症の流行にも変化が生じるのは間違いない事実だ。だから、そうしたことも計算に入れたうえでシミュレーションをせねばならない。

　そこで数学者だけではなく、物理学者に医師、疫学者に社会学者、心理学者に人類学者、都市工学者に気象学者が協力して作業に当たっている。今、科学者たちは過去に例がないくらい睡眠時間を削って努力中だ。誰もがＳＩＲモデルに現実の状況を反映させて、ＣｏＶ‐２が明日どこに到達するかを探ろうとしている。僕らのシミュレーションがうまくいけば、数日間のアドバンテージを確保できるはずだ。

市場《いちば》にて

僕らはCoV‐2の過去よりも、その将来についてより多くを知っている。このウイルスがここまでの大記録を成し遂げた状況はよくわかっておらず、その理解にはかなりの時間がかかるはずだ。ただしおおまかなメカニズムは判明している。CoV‐2は――まさにSARSウイルスやエイズウイルスと同じように――手始めに別の種類の動物を感染させてから、その動物経由で人間を感染させたのだ。

誰もがコウモリこそ犯人だとしている。ＳＡＲＳを人間にもたらしたのもコウモリだった。しかしＣｏＶ‐２はコウモリから直接人間に感染したわけではなく、もうひとつ別の種類の動物を経由した。それはおそらくヘビではないかと言われている（感染経路については諸説あり）。この宿主の中でＣｏＶ‐２のＲＮＡ（リボ核酸）は変異し、人間にとって危険なウイルスとなったのだ。そこでＣｏＶ‐２は二度目の種の壁を越えた伝染をし、ひとりまたは複数の人間を感染させた。彼らこそ、今回の地球規模の物語のゼロ号患者だ。

こうしたすべてが、中国・武漢市の、ある市場で発生したと見込まれている。その市場ではさまざまな種類の野生動物が生きたまま、互いに密接した状態で扱われていたそうだ。異種混合は病原体の伝染には有利な条件だ。伝染がどうやって、どこで、いつ発生したかを正確に再構築することは単に好奇心ゆえの行為ではなく、少なくともウイルスをせき止めるのと同じくらい重要な疫学のミッションだ。ただし防疫よりも時間がかかるうえ、ずっと難しい作業だ。

事実、多くの人々はCoV-2の物語をこんなにも短くて、単純きわまりない言葉でまとめてしまった。

「中国の人間はぞっとするような動物を食べる。しかも生きたままで」

スーパーマーケットにて

僕の友だちにひとり、日本人女性と結婚した男がいる。夫婦はミラノ県に住んでいて、五歳の娘がひとりいる。ちょうど昨日、母と娘がスーパーへ買い物に行くと、二、三人の男たちから、何もかもお前らのせいだ、さっさと国に帰れと怒鳴られたという。しかも、中国に帰れ、と言われたようだ。

恐怖は人々に奇妙なふるまいを取らせるものだ。一九八二年、僕の生まれたその年に、イタリアで最初のエイズ患者が見つかった。僕の父は当時、三四歳の外科医だった。当初は父も同僚たちも、どう対応してよいかわからず、新型ウイルスがいったいどんなものなのかもよく知らなかった。だからエイズ患者を手術する時は二重に手袋をして臨んだそうだ。ある日、手術室で、ＨＩＶ検査で陽性と判明した患者の腕から床に血が一滴落ちた。それを見た麻酔科医は悲鳴を上げて、飛び退《の》いたという。

父を含め、みんな医師だったが、やはり怖かったのだ。まったく新しい課題に完璧に対応することは誰にもできない。今、僕たちが直面している状況では、ありとあらゆる反応が予見される。怒る者もあれば、パニックにおちいる者もあるだろう。冷淡な反応もあれば、シニカルな反応もあり、信じられないと思う者もあれば、あきらめる者もあるだろう。その点を心に留めておくだけで、普段よりも少しひとに優しくしよう、慎重になろうとすることができるはずだ。さらに、スーパーの通路で他人をぶしつけな文句で罵ってはいけないということも覚えておこう。

いずれにせよ——どうしてもアジア人の顔を見分けることができぬ僕らイタリア人の困難はさておき——今度の新型ウイルスの流行は、何かも「お前らの」せいではない。どうしても犯人の名を挙げろと言うのならば、すべて僕たちのせいだ。

引っ越し

世界は今なお素晴らしく野性的な場所だ。僕らはその隅々まで探検し尽くした気でいるが、実は微生物の未知なる宇宙がまだいくつもあり、いまだ仮説すら立てた者のない異種間の相互作用もたくさんある。

環境に対する人間の攻撃的な態度のせいで、今度のような新しい病原体と接触する可能性は高まる一方となっている。病原体にしてみれば、ほんの少し前まで本来の生息地でのんびりやっていただけなのだが。

森林破壊は、元々人間なんていなかった環境に僕らを近づけた。とどまることを知らない都市化も同じだ。

多くの動物がどんどん絶滅していくため、その腸に生息していた細菌は別のどこかへの引っ越しを余儀なくされている。

家畜の過密飼育は図らずも培養の適地となり、そこでは文字通りありとあらゆる微生物が増殖している。

昨年の夏にアマゾン川流域の熱帯雨林で起きた途方もないスケールの森林火災が何を解き放ってしまったか、誰にわかるだろう？　もっと最近のオーストラリアでの野生動物の大量死はいったい何を引き起こす？　科学がまだ記録したことのない微生物が、新天地を急いで探している可能性だってある。そんな時、僕たち人間に勝る候補地がほかにあるだろうか。こんなにたくさんいて、なお増え続ける人間。こんなにも病原体に感染しやすく、多くの仲間と結ばれ、どこまでも移動する人間。これほど理想的な引っ越し先はないはずだ。

あまりにたやすい予言

ウイルスは、細菌に菌類、原生動物と並び、環境破壊が生んだ多くの難民の一部だ。自己中心的な世界観を少しでも脇に置くことができれば、新しい微生物が人間を探すのではなく、僕らのほうが彼らを巣から引っ張り出しているのがわかるはずだ。

増え続ける食糧需要が、手を出さずにおけばよかった動物を食べる方向に無数の人々を導く。たとえばアフリカ東部では、絶滅が危惧される野生動物の肉の消費量が増えており、そのなかにはコウモリもいる。同地域のコウモリは不運なことにエボラウイルスの貯蔵タンクでもある。

コウモリとゴリラ――エボラはゴリラから簡単に人間へ伝染する――の接触は、木になる果実の過剰な豊作が原因とみなされている。豊作の原因は、ますます頻繁になっている豪雨と干ばつの激しく交互する異常気象で、異常気象の原因は温暖化による気象変動で、さらにその原因は……。

頭がくらくらする話だ。原因と結果の致命的連鎖。しかし、ほかにいくらでもあるこの手の連鎖は、以前に増して多くのひとが考えるべき喫《きっ》緊《きん》の課題となっている。なぜならそれらの連鎖の果てには、また新たな、今回のウイルスよりも恐ろしい感染症のパンデミックが待っているかもしれないからだ。そして連鎖のきっかけとなった遠因には必ずなんらかのかたちで人間がおり、僕らのあらゆる行動が関係しているからだ。

この本の序章で、僕はあえて少し大げさな表現を用いて、今起きていることは過去にもあったし、これからも起きるだろうと書いた。だがそれは、いい加減な予言ではない。そもそも予言ですらない。むしろ、あくまで客観的に、こう付け加えてもいい。COVID-19とともに起きているようなことは、今後もますます頻繁に発生するだろう。なぜなら新型ウイルスの流行はひとつの症状にすぎず、本当の感染は地球全体の生態系のレベルで起きているからだ。

パラドックス

八〇年代はボリューム感のあるヘアスタイルが流行して、毎日何百リットルというヘアスプレーが噴射された。ところがやがて、フロンガスがオゾン層に穴を開けつつあるという事実が明らかとなった。どうにかしないと、僕たちは太陽に黒焦げにされてしまうというではないか。結果、誰もがヘアスタイルを変え、人類は滅亡の危機から救われた。

あの時はみんなきちんと対応し、よく協力しあった。しかしオゾンホールは想像がしやすかった。要は穴だ。穴ならば、誰だって思い描くことができる。ところが今、僕たちが想像することを求められているのは、もっとずっとあいまいなものだ。

現代のパラドックスがここにある。現実がますます複雑化していくのに対し、僕らはその複雑さに対してますます無関心になってきているのだ。

たとえば気候変動について考えてみよう。地球の温暖化には、原油価格引き上げ政策も、僕たちのバカンス計画も、廊下の明かりをまめに消すことも、中国と米国の経済競争も関係してくる。市場で買う肉も、無秩序な森林伐採も関係がある。個人的なことと地球規模のことがこうも不可解にからみ合うと、僕らは考えてみようとする前から疲れ果ててしまう。

気候変動の結果を前にすると、戸惑いは余計に大きくなる。一方にはアマゾン熱帯雨林の大火災、他方にはインドネシアの大洪水。今世紀でもっとも暑い夏が来たかと思えば、もっとも寒い冬まで来る。科学者たちは言う。もしかしたら人類は生き残れないかもしれない、と。そうかと思えば今度は、異様に蒸し暑い夏に対する人々の違和感にはなんの意味もない、などと言う。たった一日の異常気象には統計上なんの意味もなく、どこかの誰かさんの愚痴などもっと無意味だというのだ。

そうすると、確かなのは、僕らの頭脳はどうやら十分に用意ができていないらしいという印象くらいなものとなる。しかし、ならば急いで用意をするべきだろう。地球温暖化の恩恵を受ける病気にはエボラのほかにも、マラリア、デング熱、コレラ、ライム病、ウエストナイル熱があるが、下痢性疾患もその仲間のひとりだ。僕らの国々ではそうたいした問題ではない下痢も、地域によってはきわめて深刻な問題であり、世界は粗相《そそう》をする寸前だ。

つまり感染症の流行は考えてみることを僕らに勧めている。隔離の時間はそのよい機会だ。何を考えろって？　僕たちが属しているのが人類という共同体だけではないことについて、そして自分たちが、ひとつの壊れやすくも見事な生態系における、もっとも侵略的な種であることについて、だ。

寄生細菌

毎年、夏はプーリア州のサレント県で過ごすことにしている。しばしばあることだが、遠くであの地方のことを考えると、僕の心にまず浮かぶのはオリーブの木だ。オストゥーニから海へと向かう道沿いには、とても古い、見事な樹形《じゆけい》の木々が並んでいる。ぱっと見、それが植物だとは信じられないくらいだ。幹の表情があんまり豊かなので、見ていると、感覚すら持っているのではないかという気がしてくる。僕も何度か、あの魔法めいた衝動に負けて、幹に抱きついて少し力を分けてもらおうとしたことがある。

キシレラ・ファスティディオーザ（*Xylella fastidiosa*）が、同じプーリア州のガッリーポリ付近に侵入したのは二〇一〇年のことだ。ピアス病菌とも呼ばれるこの細菌はそこから北へと辛抱強い進軍を始め、一キロまた一キロと前進して、オリーブ畑を荒らしていった。最初は一部の枝葉が日焼けしただけかと思われたが、やがて木々は白骨化してしまった。去年の夏、ブリンディジからレッチェまで無料の高速国道を走った時、僕は灰色の木々の墓場をいくつも目撃した。

しかし一〇年の歳月も、人々の意見をまとめるにはまだ足りないようだ。

「キシレラは存在する」

「キシレラはオリーブの木に
片っ端から伝染するぞ」

「キシレラは除草剤が原因だ」

「いや、キシレラなんて存在しない」

「キシレラは手入れのいい加減な
オリーブの木にしか害を与えない」

「キシレラは中国から来た
(何もかもあいつらのせいだ)」

「感染した木から半径一〇〇メートル以内の木は全部切り倒さないと駄目だ」

「伝統通りに幹に石灰をかければ大丈夫だ。誰もオリーブには手を触れるな！」

「大流行は州の問題だ」

「イタリアの問題だ」

「ヨーロッパの問題だ」

そうこうしているうちに寄生細菌は誰に邪魔されることもなく前進し、増殖を続けた。今では南仏コートダジュールのアンティーブにも、コルシカ島にも、マヨルカ島にも上陸した。どうやらキシレラはリゾート暮らしが好きらしい。

専門家

今日は三月四日。政府が先ほどイタリア全土の学校閉鎖を発表したばかりだが、僕はそのことで、もうふたりと喧嘩した。今回の新型ウイルス流行では、ＣＯＶＩＤ‐19と季節性インフルエンザとの違いについて口論になることが多い。流行の抑止策についてもよく喧嘩になる。甘すぎるという評価もあれば、厳しすぎるという評価もあるからだ。

最初からそうだった。新型ウイルスが人々を次々に病院送りにしていると主張する者もあれば、ただの風邪程度の話なのに大げさだと主張する者もある。普段よりも少し頻繁に手を洗うようにすればそれで問題ないという者もあれば、全国で今すぐ外出禁止令を敷くべきだと主張する者もある（この五日後の三月九日、それまで北部の数州が対象だった外出禁止令がイタリア全土に拡大された）。人々は口々に言う。「専門家が言ってた」「専門家によると」「でも専門家の考えはこうだ」

「科学における聖なるものは真理である」（『シモーヌ・ヴェイヌ選集Ⅲ』冨原眞弓訳、みすず書房）哲学者のシモーヌ・ヴェイユはかつてそう書いた。しかし、複数の科学者が同じデータを分析し、同じモデルを共有し、正反対の結論に達する時、そのどれが真理だと言うのだろう？

今回の流行で僕たちは科学に失望した。確かな答えがほしかったのに、雑多な意見しか見つからなかったからだ。ただ僕らは忘れているが、実は科学とは昔からそういうものだ。いやむしろ、科学とはそれ以外のかたちではありえないもので、疑問は科学にとって真理にまして聖なるものなのだ。今の僕たちはそうしたことには関心が持てない。専門家同士が口角泡《あわ》を飛ばす姿を、僕らは両親の喧嘩を眺める子どもたちのように下から仰ぎ見る。それから自分たちも喧嘩を始める。

外国のグローバル企業

何かの隙間のように、ぴったり合っていない部分には雑草が生える。
科学の場合、雑草は憶測であったり、陰謀説であったり、真っ赤な嘘で
あったりする。

「キシレラはどこかの研究室で発明された。
外国のグローバル企業がイタリアの

オリーブオイル作りを
壊滅させるために作ったんだ」
「いや、違うぞ。プーリア州をゴルフ場
だらけにするために作ったんだ」
「気候変動は自然な周期の
一部でしかない」
「グレタ・トゥーンベリは外国のグロー
バル企業に金をもらってる。
実はあの子、プラスチックを滅茶苦茶に
浪費しているんだって」

「コロナウイルスにしても研究室生まれだ。
外国のグローバル企業が
あとから自社製のワクチンを
売りつけるつもりで作ったのさ」

「今度のワクチンも子どもたちを
自閉症にしてしまうに違いない」

「季節性インフルエンザのほうが
COVID-19よりも
ずっと多くの死人が出るぞ」

「なんにしても中国人は前から知っていたらしい」
「アメリカ人は前から知っていたらしい」
「ビル・ゲイツは前から知っていたらしい」
「武漢で今、市街戦が起きているって聞いたぞ」

ＣｏＶ‐２は、中国人民解放軍の秘密実験が行われていた研究室からアンプルがひとつ盗まれ、そこから現地住民に伝染した——そんな説を信じるかどうかはそれぞれの自由だ。コウモリからうつったという説よりは、そちらのほうが魅力的に聞こえるのかもしれない。ただし、記録もあり、すでに数え切れないほど繰り返し伝えられている現象と比べると、秘密の軍事実験説を証明するにはずっと多くの手間がかかる。問題の研究所、軍の計画、盗まれたアンプル、それを盗み出す計画、そのすべての存在を証明せねばならないのだから。こうした場合、科学はいわゆる「オッカムの剃刀《かみそり》」の原理に頼る。つまり、常に近道を選ぶのだ。より具体的に言えば、もっとも単純で、無駄な空想の働く余地が少ない解決策、そしておそらくは正解であるはずの解決策を常に選ぶ。

秘密研究所の話はとりあえず忘れ、いつか映画にでもするとしよう。

万里の長城

僕は二〇年間、中国の万里の長城は月から見える人類唯一の建造物だという話を信じていた。僕がだまされたのは、そういう噂《うわさ》があったため、そして、ひとは真剣に考えぬまま何かを信じることがあるためだ。ついに実際に長城の上に立った僕は、一時間ほど行ったり来たりしてから、あれは根も葉もない噂だったのだと悟った。長城はたしかに巨大だが、幅がひどく狭かった。これでは月から見えるはずもない。

フェイクニュースは感染病のように広まってしまう。フェイクニュースの伝播を研究するモデルも、感染症研究のそれと同じだ。誤った情報に対して僕たちは、感受性人口、感染人口、隔離人口のいずれかとなる。問題の情報に怯え、義憤を覚え、腹を立てれば立てるほど、僕らは感染に対して無防備になる。

昨日はネットのどこのサイトを読んでも、イタリアのウイルス流行は勢いが衰えつつあるというニュースで持ち切りだった。そのニュースに対抗するかたちで今朝から専門家たちが、実態はまったく反対だと証明すべく懸命に努力をし、なんのエビデンスもない、少なくとも今はまだない、と伝えようとした。ところがニュースはすでに風土病のように広まってしまっていた。フェイスブックにツイッター、メッセンジャーアプリのＷｈａｔｓＡｐｐに開設された無数のグループを噂は駆け巡った。ＣＯＶＩＤ‐19が飛行機で移動するように、今や嘘はスマートフォンからスマートフォンへと物凄いスピードで広まる。

最後にはウイルスの流行の勢いが止まらないのを見てがっかりする者も出てくるだろう。彼の失望はきっと、流行の勢いが衰えない原因についての憶測を改めて生み、すでに出回っている無数の憶測がさらに増えることになる。こうして僕らの不正確な思考の群れも、ひとつの生態系を構成する。それは無限に広がる、なんでもありの生態系だ。

パン神

新聞各紙がホームページでの感染者数の表示をやめると決めた時、僕は腹が立ち、裏切られた気がした。以来、別の情報源を確認するようになった。感染症の流行時、透明性の高い情報は単なる権利ではなく、必要不可欠な予防手段だ。

把握している情報——さまざまな数字、場所、各病院の患者の集中具合など——が多ければ多いほど、感受性保持者は状況にふさわしい態度を取れる。全員が全員とは言わない。なかには突拍子もない行動に出る者もいるだろう。しかし、僕たちの大多数には理性があるはずだ。さまざまなシミュレーションでも、人々の自覚ある態度は疫病の流行を緩和する要素として計上される。

　にもかかわらず、今回の流行の初期から、数字はパニックを生む原因として非難されてきた。そこで、数字は隠すか、少なめに見えるような別の数え方を見つけよう、ということになったのだろう。しかしすぐにまた、このやり方では本当にパニックになってしまうと気づいたに違いない。市民に対し真相を隠すとすれば、それは実状が見かけよりもずっと深刻だということだからだ。二日もすると各紙のホームページにはまた数字が表示されるようになり、それからはそのままとなっている。

　こうした迷走は、ある未解決の問題の存在を示唆している。それは、市民と行政と専門家のあいだの愛情のもつれだ。どうも現代においては、三者が互いを愛する術《すべ》を失い、関係が機能不全におちいっているようなのだ。

行政は専門家を信頼するが、僕ら市民を信じようとはしない。市民はすぐに興奮するとして、不信感を持っているからだ。専門家にしても市民をろくに信用していないため、いつもあまりに単純な説明しかせず、それが今度は僕らの不信を呼ぶ。僕たちのほうも行政には以前から不信感を抱いており、これはこの先もけっして変わらないだろう。そこで市民は専門家のところに戻ろうとするが、肝心の彼らの意見がはっきりせず頼りない。結局、僕らは何を信じてよいのかわからぬまま、余計にいい加減な行動を取って、またしても信頼を失うことになる。

新型ウイルスはそんな悪循環を明るみに出した。科学が人々の日常に接近するたび、毎度のように生じる不信の悪循環だ。パニックはこの手の悪循環から発生する。発表された数字が原因ではない。

そもそもパニック（panic）とは、ギリシア神話のパン神（Pan）のいわば自己循環的発明だ。この神には時おり物凄い叫び声を上げる癖があり、その凄まじさときたら、本人まで自分の声に驚き、震え上がって逃げだすほどだったという。そんな神話に由来する言葉なのだ。

日々を数える

先ほど一通のメールを受け取った。僕には元々、ザグレブで開かれる会議に参加する予定があった。それは、さまざまな国の異なる分野の代表者たちを集めて、ヨーロッパ人であることの新たな意味を探ろうという趣旨の会議だった。メールはその開催者からで、僕に対し「貴殿の参加を再検討されたし」と伝えるものだった。イベントを管轄する当局から、危険地域から参加者を招くのは避けろという勧告があったらしい。

危険地域のリストにはイタリアのほかにも、中国、シンガポール、日本、香港、韓国、イランの名があった。奇妙な一味だ。感染国家のG7といったところか。

感染症の流行は進み、もはや世界の感染者数が一〇万人に迫るなか、僕は自分のスケジュール表の崩壊を目の当たりにしているところだ。三月は予定とは別物になるだろう。四月はまだわからない。なんだか、コントロールを失いつつあるような奇妙な気分で、不慣れな感覚だが、逆らおうとは思わない。なくなった予定はいずれも延期が可能か、あるいはキャンセルされてそれでおしまいだとしても別に惜しくないものばかりだからだ。それに僕たちは今、そんなことよりもっと大きな何かと直面しているところなのだ。それは誰もが注意を傾け、重視するに値する何かであり、それぞれができる限りの献身と責任をもって臨むべきものだ。

今度の危機は多くの部分で時間と関連している。僕たちが時間を整理し、歪め、また時間のために四苦八苦する有り様と関連している。僕らは今、人類の運命を勝手に決めようとする、サイズのきわめつけに小さな力に翻弄されている。おかげで渋滞に巻きこまれたみたいに抑圧され、怒りっぽくなっているが、渋滞にしてはまわりに誰もいない。目には見えないそんな脅威に押しつぶされそうになりながら、人々は日常に戻りたいと望み、自分にはその権利があると感じている。日常が不意に、僕たちの所有する財産のうちでもっとも神聖なものと化したわけだが、これまで僕らはそこまで日常を大切にしてこなかったし、冷静に考えてみれば、そのなんたるかもよく知らない。とにかくみんなが取り返したいと思っているものであることは確かだ。

しかし日常は一時中止され、いつまでこの状態が続くのかは誰にもわからない。今は非日常の時間だ。この時間の中で生きることを僕らは学ぶべきであり、死への恐怖以外にも、この時間を受け入れるための理由をもっと見つけるべきだ。ウイルスに知性がないというのは本当かもしれないが、すぐに変異し、状況に適応できるという一点では人間に勝《まさ》っている。そこはウイルスに学んだほうがよさそうだ。

現在の膠着《こうちゃく》状態は甚大な損害を生むだろう。失業、倒産、あらゆる業界における景気低迷。誰もがそれぞれの難題の山とすでに取り組み始めている。僕たちの文明が、スピードを落とすことだけは絶対に許されないようにできているためだ。ただ、今度の流行のあとで何が起きるのかの予測は複雑すぎて、僕にはとても無理だ。降参する。その時が来たら、変化をひとつずつ、受け入れていきたいと今は思っている。

旧約聖書の詩篇第九〇篇にひとつ、このところ僕がよく思い出す祈りがある。

われらにおのが日を数えることを教えて、
知恵の心を得させてください。

そんな祈りを思い出すのは、感染症の流行中は誰もが色々なものを数えてばかりいるからなのかもしれない。僕たちは感染者と回復者を数え、死者を数え、入院者と学校に行けなかった朝を数え、株価の暴落で失われた莫大な金額を数え、マスクの販売枚数を数え、ウイルス検査の結果が出るまでの残り時間を数え、集団感染発生地からの距離を数え、キャンセルされたホテルの部屋数を数え、自分と関係のある人々を数え、自分があきらめた物事を数える。そしてひとつ、幾度も幾度も、何よりも繰り返し数える日数がある。危機が過ぎ去るまでにいったいあと何日あるのか、だ。

でも、僕はこんな風に思う。詩篇はみんなにそれとは別の数を数えるように勧めているのではないだろうか。われらにおのが日を数えることを教えて、日々を価値あるものにさせてください——あれはそういう祈りなのではないだろうか。苦痛な休憩時間としか思えないこんな日々も含めて、僕らは人生のすべての日々を価値あるものにする数え方を学ぶべきなのではないだろうか。

そのほうがよければ、ＣＯＶＩＤ‐19の流行はあくまでも特殊な事故だ、ただの不運な出来事か災難だと言うことも僕たちにはできるし、何もかもあいつらのせいだと叫ぶこともできる。それは自由だ。でも、今度の流行に意義を与えるべく、努力してみることだってできる。この時間を有効活用して、いつもは日常に邪魔されてなかなか考えられない、次のような問いかけを自分にしてみてはどうだろうか。僕らはどうしてこんな状況におちいってしまったのか、このあとどんな風にやり直したい？

日々を数え、知恵の心を得よう。この大きな苦しみが無意味に過ぎ去ることを許してはいけない。

著者あとがき

コロナウイルスが過ぎたあとも、僕が忘れたくないこと

コロナウイルスの「過ぎたあと」、そのうち復興が始まるだろう。だから僕らは、今からもう、よく考えておくべきだ。いったい何に元どおりになってほしくないのかを。

このところ、「戦争」という言葉がますます頻繁に用いられるようになってきた。フランスのマクロン大統領が全国民に対する声明で使い、

政治家にジャーナリスト、コメンテイターが繰り返し使い、医師まで用いるようになっている。「これは戦争だ」「戦時のようなものだ」「戦いに備えよう」といった具合に。だがそれは違う。僕らは戦争をしているわけではない。僕らは公衆衛生上の緊急事態のまっただなかにいる。まもなく社会・経済的な緊急事態も訪れるだろう。今度の緊急事態は戦争と同じくらい劇的だが、戦争とは本質的に異なっており、あくまで別物として対処すべき危機だ。

今、戦争を語るのは、言ってみれば恣意的な言葉選びを利用した詐欺だ。少なくとも僕らにとっては完全に新しい事態を、そう言われれば、こちらもよく知っているような気になってしまうほかのもののせいにして誤魔化そうとする詐欺の、新たな手口なのだ。

だが僕たちは今度のCOVID‐19流行の最初から、そんな風に「まさかの事態」を受け入れようとせず、もっと見慣れたカテゴリーに無理矢理押しこめるという過ちを飽きもせずに繰り返してきた。たとえば急性呼吸疾患の原因ともなりうる今回のウイルスを季節性インフルエンザと勘違いして語る者も多かった。感染症流行時は、もっと慎重で、厳しいくらいの言葉選びが必要不可欠だ。なぜなら言葉は人々の行動を条件付け、不正確な言葉は行動を歪めてしまう危険があるからだ。それはなぜか。どんな言葉であれ、それぞれの亡霊を背負っているためだ。たとえば「戦争」は独裁政治を連想させ、基本的人権の停止や暴力を思わせる。どれも——とりわけ今のような時には——手を触れずにおきたい魔物ばかりだ。

「まさかの事態」が僕たちの生活に侵入を果たしてから、ひと月になる。肺のもっとも細い気管支にまで達するウイルスのように油断のならぬそれは、もはや僕らの日常のあらゆる場面に現れるようになった。ただのゴミ出しに弁解が必要になる日が来ようとは、誰も想像したことがなかったはずだ。まさか、市民保護局が毎日行う感染状況発表の内容に合わせて自分たちの暮らしを調整する羽目になるなんて。まさか——よりによってここで、それも僕たちが——愛する者に看取《みと》ってもらえず、寂しく死ぬことになるかもしれないなんて。しかもその葬儀は音ひとつせず、立ち会う者ひとりいないかもしれないなんて（二〇二〇年四月五日現在、感染拡大防止のため冠婚葬祭を含む一切の集会が認められていないため）、誰が想像していたろう？　にもかかわらず。

二月二一日付の『コリエーレ・デッラ・セーラ』紙（イタリアを代表する日刊紙のひとつ）は、コンテ首相とレンツィ元首相がふたりきりで会談したというニュースを一面トップに置いた。ふたりきりで何を話した？誓って言うが、僕は覚えていない。コドーニョ（ロンバルディア州ローディ県の町）で最初の「綿棒《タンポーニ》」陽性患者が出たというニュースが同紙の編集部に届いたのは前夜の一時過ぎと遅かったため、その知らせは最終版一面の右端の段にぎりぎりで押しこまれた。僕らの多くはコドーニョという地名を聞くのも初めてなら、ウイルステストの通称としてタンポーニという言葉が使われるのを聞くのも初めてだった。翌朝、コロナウイルスは、一面トップのタイトルという栄光の地位を獲得した。そして二度とその場を譲ろうとはしなかった。

振り返ってみれば、あっという間に接近されたような気がする。「六次のへだたり」理論が本当かどうか、僕は知らない。知りあいのつてをたどっていくと、驚くほどわずかな人数を介しただけで世界の誰とでもつながってしまうという、あの話だ。でも今度のウイルスは、まるで網の目をたどる昆虫のように、そんなひとの縁《えん》の連鎖によじ登り、僕たちのもとにたどり着いた。中国にいたはずの感染症が次はイタリアに来て、僕らの町に来て、やがて誰か著名人に陽性反応が出て、僕らの友だちのひとりが感染して、僕らの住んでいるアパートの住民が入院した。その間、わずか三〇日。そうしたステップのひとつひとつを目撃するたび——確率的には妥当で、ごく当たり前なはずの出来事なのに——僕らは目をみはった。信じられなかったのだ。「まさかの事態」の領域で動き回ることこそ、始めから今度のウイルスの強みだった。僕らは「まさか」をこれでもかと繰り返した末に、自宅に閉じこめられ、買い物に行くために警察に見せる外出理由証明書をプリントアウトする羽目となった。

義憤、遅れ、無駄な議論、よく考えもせずに付けたハッシュタグ——そのひとつひとつが、約一七日後に、死者を生む原因となった。なぜなら感染症流行時は、躊躇《ちゅうちょ》をしたぶんだけ、その代価を犠牲者数で支払うものと相場が決まっているからだ。僕らがかつて味わったなかで、もっとも残酷な時間単価だ。

イタリアの死者数は中国のそれを超えた。僕たちは一連の偶発的原因に怒って当然だし、怒るべきだが、問題の根本のところで必ず、自分たちが「まさかの事態」を受け入れるのが不得手な国民であるという事実に直面してしまうはずだ。これは近年、他の似たような感染症流行を経験済みだった国々と比較しての話だ。いずれにしてもここまでくると、僕らにしても、この「まさかの事態」の前進が、今日終わることもなければ、全国民の外出制限を指示した首相令の期限が切れる四月三日に終わることもないとわかっているはずだ（二〇二〇年四月五日現在、期限は四月一三日まで延長されている）。それは自宅隔離の指示が解かれても終わらず、今回のパンデミック自体が終結しても終わらないだろう。「まさかの事態」はまだ始まったばかりで、ここには長く居座るつもりでいるはずだ。もしかするとそれは、僕らの前に開かれようとしている新たな時代の特徴となるのかもしれない。

戦争という言葉の濫用について書いているうちに、マルグリット・デュラスの言葉をひとつ思い出した。逆説的なその言葉はこうだ。「平和の様相はすでに現れてきている。到来するのは闇夜のようでもあり、また忘却の始まりでもある」（『苦悩』田中倫郎訳　河出書房新社）戦争が終わると、誰もが一切を急いで忘れようとするが、病気にも似たようなことが起きる。苦しみは僕たちを普段であればぼやけて見えない真実に触れさせ、物事の優先順位を見直させ、現在という時間が本来の大きさを取り戻した、そんな印象さえ与えるのに、病気が治ったとたん、そうした天啓はたちまち煙と化してしまうものだ。僕たちは今、地球規模の病気にかかっている最中であり、パンデミックが僕らの文明をレントゲンにかけているところだ。数々の真実が浮かび上がりつつあるが、そのいずれも流行の終焉とともに消えてなくなることだろう。もしも、僕らが今すぐそれを記憶に留めぬ限りは。

だから、緊急事態に苦しみながらも僕らは——それだけでも、数字に証言、ツイートに法令、とてつもない恐怖で、十分に頭がいっぱいだが

――今までとは違った思考をしてみるための空間を確保しなくてはいけない。三〇日前であったならば、そのあまりの素朴さに僕らも苦笑していたであろう、壮大な問いの数々を今、あえてするために。

たとえばこんな問いだ。すべてが終わった時、本当に僕たちは以前とまったく同じ世界を再現したいのだろうか。

僕らはCOVID-19の目には見えない伝染経路を探している。しかし、それに輪をかけてつかみどころのない伝染経路が何本も存在する。世界でも、イタリアでも、状況をここまで悪化させた原因の経路だ。そちらの経路も探さなくてはいけない。だから僕は今、忘れたくない物事のリストをひとつ作っている。リストは毎日、少しずつ伸びていく。誰もがそれぞれのリストを作るべきだと思う。そして平穏な時が帰ってきたら、互いのリストを取り出して見比べ、そこに共通の項目があるかどうか、そのために何かできることはないか考えてみるのがいい。

僕は忘れたくない。ルールに服従した周囲の人々の姿を。そしてそれを見た時の自分の驚きを。病人のみならず、健康な者の世話までする人々の疲れを知らぬ献身を。そして夕方になると窓辺で歌い、彼らに対する自らの支持を示していた者たちを。ここまでは忘れてしまう危険はない。簡単に思い出せるはずだ。もう今度の感染症流行にまつわる公式エピソードとなっているから。

でも僕は忘れたくない。最初の数週間に、初期の一連の控えめな対策に対して、人々が口々に「頭は大丈夫か」と嘲《あざけ》り笑ったことを。長年にわたるあらゆる権威の剝奪《はくだつ》により、さまざまな分野の専門家に対する脊《せき》髄《ずい》反射的な不信が広まり、それがとうとうあの、「頭は大丈夫か」という短い言葉として顕現したのだった。不信は遅れを呼んだ。そして遅れは犠牲をもたらした。

僕は忘れたくない。結局ぎりぎりになっても僕が飛行機のチケットを一枚、キャンセルしなかったことを。どう考えてもその便には乗れないと明らかになっても、とにかく出発したい、その思いだけが理由であきらめられなかった、この自己中心的で愚鈍な自分を。

僕は忘れたくない。頼りなくて、支離滅裂で、センセーショナルで、感情的で、いい加減な情報が、今回の流行の初期にやたらと伝播されていたことを。もしかすると、これこそ何よりも明らかな失敗と言えるかもしれない。それはけっして取るに足らぬ話ではない。感染症流行時は、明確な情報ほど重要な予防手段などないのだから。

僕は忘れたくない。政治家たちのおしゃべりが突如、静まり返った時のことを。まるで、結局乗らなかったあの飛行機を僕が降りたら、耳が両方とも急にもげてしまったみたいなあの体験を。いつだって聞こえていたあの耳障りで、常に自己主張をやめなかった政治家たちの声が——

少し先を見据えた言葉と考察が本気で意見を言うことをことごとく妨げてきたあの横柄な声たちが――ぱったりと途絶《とだ》えた時のことを。

僕は忘れたくない。今回の緊急事態があっという間に、自分たちが、望みも、抱えている問題もそれぞれ異なる個人の混成集団であることを僕らに忘れさせたことを。みんなに語りかける必要に迫られた僕たちが大概、まるで相手がイタリア語を理解し、コンピューターを持っていて、しかもそれを使いこなせる市民のみであるかのようにふるまったことを（移民たちのことを一切考慮せず、大切な知らせが当初、イタリア語のみで伝達されたこと、学級閉鎖にともない、いきなりオンライン授業が導入され、教育現場が混乱した状況などを指している）。

僕は忘れたくない。ヨーロッパが出遅れたことを。遅刻もいいところだった。そのうえ、感染状況を示す各国のグラフの横に、この災難下でも僕らは一体だとせめて象徴的に感じさせるために、もうひとつ、全ヨーロッパの平均値のグラフを並べることを誰ひとりとして思いつかなかったことを。

僕は忘れたくない。今回のパンデミックのそもそもの原因が秘密の軍事実験などではなく、自然と環境に対する人間の危うい接し方、森林破壊、僕らの軽率な消費行動にこそあることを。

僕は忘れたくない。パンデミックがやってきた時、僕らの大半は技術的に準備不足で、科学に疎《うと》かったことを。

僕は忘れたくない。家族をひとつにまとめる役目において自分が英雄的でもなければ、常にどっしりと構えていることもできず、先見の明もなかったことを。必要に迫られても、誰かを元気にするどころか、自分すらろくに励ませなかったことを。

陽性患者数のグラフの曲線はやがてフラットになるだろう。かつての僕たちは存在すら知らなかったのに、今や運命を握られてしまっているあの曲線も。待望のピークが訪れ、下降が始まるだろう。これはそうあればよいのだがという話ではない。それが、僕らがこうして守っている規律と、現在、敷かれている一連の措置――効果と倫理的許容性を兼ね備えた唯一の選択――のダイレクトな結果だからだ。僕たちは今から覚悟しておくべきだ。下降は上昇よりもゆっくりとしたものになるかもしれず、新たな急上昇も一度ならずあるかもしれず、学校や職場の一時閉鎖も、新たな緊急事態も発生するかもしれず、一部の制限はしばらく解除されないだろう、と。もっとも可能性の高いシナリオは、条件付き日常と警戒が交互する日々だ。しかし、そんな暮らしもやがて終わりを迎える。そして復興が始まるだろう。

支配階級は肩を叩きあって、互いの見事な対応ぶり、真面目な働きぶり、犠牲的行動を褒め讃えるだろう。自分が批判の的になりそうな危機が訪れると、権力者という輩《やから》はにわかに団結し、チームワークに目覚めるものだ。一方、僕らはきっとぼんやりしてしまって、とにかく一切をなかったことにしたがるに違いない。到来するのは闇夜のようでもあり、また忘却の始まりでもある。

もしも、僕たちがあえて今から、元に戻ってほしくないことについて考えない限りは、そうなってしまうはずだ。まずはめいめいが自分のために、そしていつかは一緒に考えてみよう。僕には、どうしたらこの非人道的な資本主義をもう少し人間に優しいシステムにできるのかも、経済システムがどうすれば変化するのかも、人間が環境とのつきあい方をどう変えるべきなのかもわからない。実のところ、自分の行動を変える自信すらない。でも、これだけは断言できる。まずは進んで考えてみなければ、そうした物事はひとつとして実現できない。

家にいよう《レスティアーモ・イン・カーサ》。そうすることが必要な限り、ずっと、家にいよう。

患者を助けよう。死者を悼《いた》み、弔《とむら》おう。でも、今のうちから、あとのことを想像しておこう。「まさかの事態」に、もう二度と、不意を突かれないために。

二〇二〇年三月二〇日付『コリエーレ・デッラ・セーラ紙』より

訳者あとがき

本書はイタリア人作家パオロ・ジョルダーノ（一九八二年、トリノ生まれ）の*Nel contagio*（二〇二〇年三月）の邦訳である。

二〇一九年年末に中国湖北省武漢市で発生し、二〇二〇年四月現在、世界的に大流行中の新型コロナウイルス感染症（COVID‐19）に襲われたイタリアで、ローマに暮らす著者が二月末から三月頭にかけて書き下ろした、感染症にまつわるエッセイ二七本をまとめたのが、この『コロナの時代の僕ら』だ。

さらに、この日本語版には特別に、二〇二〇年三月二〇日付の『コリエーレ・デッラ・セーラ』紙に掲載された著者の記事、「コロナウイルスが過ぎたあとも、僕が忘れたくないこと」"Quello che non voglio scordare, dopo il Coronavirus"があとがきとして追加されているが、宝石のようなこの文章についてはあとで改めて触れたい。

著者がこの本を書くきっかけとなったのは、二〇二〇年二月二五日付の『コリエーレ』紙に寄稿した「混乱の中で僕らを助けてくれる感染症の数学」"Coronavirus, la matematica del contagio che ci aiuta a ragionare in mezzo al caos"という記事だった。新型ウイルスがイタリア北部の六州で大規模な広がりを見せ始めた時期に、ウイルス感染症流行という現象を数学的アプローチからわかりやすく解いたこの記事は、読者の大きな反響を呼んだ。ウェブ版の記事のシェア回数は実に四百万回を超えたという話だ。

数学はこの著者の得意科目だ。事実、ジョルダーノはトリノ大学で物理学を学んだのち、同大学の修士課程に在籍中だった二〇〇八年に小説『素数たちの孤独』（ハヤカワ文庫）で文壇デビューを果たしているが、この小説でも、特殊な素数の組み合わせである「双子素数」をモチーフにして、限りなく近いのにひとつになれない男女の心情を見事に描き、二五歳の若さでイタリア最高峰の文学賞とされるストレーガ賞を受賞している。

「感染症の数学」が広く人気を博した背景には、きっとそんなジョルダーノならではの、科学者の視点と小説家の繊細かつ豊かな表現力がうまく両立された個性があったのだろう。そして、手応えを感じた著者が、記事の内容を発展させ、二月二九日から三月四日までの日々の記録を兼ねたエッセイ集としてまとめたのが、本作『コロナの時代の僕ら』だ。

どれも短い二七篇のエッセイを読み進めていくうちに、特に予備知識のない一般の読者でも、今、世界で起きている現象が大筋のところで直観的に把握できると思う。著者が感染症流行の仕組みを「ビリヤードの球の衝突」といった身近でわかりやすい比喩を用いて、簡明な言葉で解説しているためだ。

訳者にしても、数字や抽象的な概念の把握が苦手なたちだが、理解に苦労する点はまったくなかった。

本書を読んで科学的な視点と正しく恐れる力を身につけることで、この混迷した「コロナの日々」をずっと楽に過ごせるようになれる読者はきっと多いはずだ。特に現代のように、フェイクニュースを含め、真偽も定かではないおびただしい数の情報が、人々の手元の画面上で二四時間流れ続ける時代には。

だが『コロナの時代の僕ら』はそこで終わらない。

ジョルダーノは恐れている。この騒ぎもいったん過ぎれば、みんな何事もなかったように元の生活に戻っていってしまうのではないか、と。

彼は、新型コロナが人間に伝染したそもそものきっかけには、環境破壊や温暖化といった現代人の生活スタイルが生んだ問題があるはずだと訴え、わたしたちが今のような生活を続けている限りは、COVID‐19の流行が終息したとしても、必ず新しい感染症の流行が何度も訪れるだろうと予測している。だから、そうした新たな危機に今のうちから備えると同時に、これまでとは違う未来の在り方を各自が模索する大切さも主張しているのだ。

つまり『コロナの時代の僕ら』とは、どうにも不安なこの「コロナの日々」をできるだけ心静かに乗り越えるにはどうしたらいいか、という即効性のある科学知識の伝授だけが目的の一冊ではなく、今、始まったばかりの「コロナの時代」をわたしたちがこれからどう生きていきたいのかを、まずは自分ひとりで、そして、できればいつかみんなで一緒に考えてみよう、というジョルダーノのメッセージでもある。

著者あとがきの解説に移る前に、イタリアでの新型コロナウイルス（以下、新型コロナ）の流行状況について簡単に触れておきたい。

国内で初の感染者が確認されたのは二〇二〇年一月三一日のことだ。ただし患者はローマを観光で訪れていた外国人夫婦で、ただちに隔離され、感染は広がらなかった。同じ日に世界保健機関（WHO）が武漢市の状況を「国際的に懸念される公衆衛生上の緊急事態」であると発表しているが、このころの多くのイタリア国民にとって、COVID‐19はまだまだ対岸の火事だった。

ところが二月二一日に北部のロンバルディア州とヴェネト州で新型コロナによる二件の集団感染が確認されて以来、みるみるうちに感染の規模は拡大していく。

『コリエーレ』紙にジョルダーノの記事「感染症の数学」が載った二月二五日時点ではまだ三二二人だったイタリアの累積感染者数（現在の陽性患者数に死者・回復者の累計を含めた人数。以下、「感染者数」）は、本書のエッセイが始まる同二九日には一一二八人、終わる三月四日には三〇八九人まで増えた。

しかし感染者数が本当に「爆発的な」増加を見せたのはそこからだった。事実、感染地域と規模の拡大にともない、三月四日には全国の学校で一カ月の学級閉鎖（期間はのちに延長された）が決まり、三月八日（感染者数七三七五人）には北部の多くの地域での移動・外出制限が厳格化され、翌九日（同九一七二人）にはついに、著者の暮らすローマも含めたイタリア全土が同様の移動・外出制限の対象となった。

その後も感染者数は増え続け、四月五日現在、一三万人に迫ろうとしている。死者数はもはや一万六千人近い。ただし回復者も二万人を超え、陽性患者数の増加ペースも落ちついてきており、ようやく念願のピークに達したという見方も出始めている。だが今なお予断を許さない状況であることは確かだ。本書を読めばその理由もわかるだろう。

さて、著者あとがきとして日本語版に特別に掲載が許可された「コロナウイルスが過ぎたあとも、僕が忘れたくないこと」は、三月二〇日付の『コリエーレ』紙の記事で、イタリアでCOVID - 19流行が始まってからの一カ月間を振り返った内容となっている。文中にあるように「イタリアの死者数は中国のそれを超えた」段階だ（三月二〇日の感染者数は四万七〇二一人、死者数は四〇三二人）。

食料品の購入や通勤、犬の散歩などのわずかな例外を除き、基本的に自宅からの外出が一切禁止された隔離生活を著者が余儀なくされてから、一週間ほどたったころに記された文章ではないだろうか。

本文のエッセイにまとめられた考察は、「条件付き」ながらまだ日常的な空気が漂っていたころのローマで重ねられたもので、まだユーモラスな場面さえあるが、こちらの文章では本文と同じ主張が一気に純化された感がある。「僕は忘れたくない」の連呼を見ても、メッセージ性は明らかに本文よりも強い。こんなにも熱い文章を書けるひとだったのか、といい意味で驚かされた。

家にこもって過ごす時間の増える隔離の日々を思索のための貴重な機会ととらえ、あとで忘れてしまわぬよう、この苦しい時間が無駄にならぬよう、「元どおりに戻ってほしくないもの」のリストを今のうちに作っておこう、という呼びかけは素敵だ。

日本版に特別掲載されたこの最後の一章がいちばん魅力的だと思う読者さえ出てきても不思議ではないくらい、力強い文章だ。本文の翻訳が終わったあとに偶然の成りゆきで出会い、ぎりぎりのタイミングで掲載の決まった記事なので、それはそれで訳者としてはとても嬉しい。このあとがきは原作にはないただの「付録」ではなく、『コロナの時代の僕ら』という作品は実は、この宝石のような文章があって初めて完成する一冊だとすら思っている。


なお、著者の初期の小説二作『素数たちの孤独』『兵士たちの肉体』(いずれも早川書房)に続き、この作品の翻訳も担当させていただいた訳者も、二〇年ほど前からイタリアに暮らしている。ただし向こうが首都にいるのに対し、こちらはマルケ州南部の人口約一〇〇人の過疎の村だから、隔離生活下の日々の様子もだいぶ違うはずだ。

この村でも隔離生活が始まって一カ月ほどになるが、ありがたいことに我が家は大過なく過ごせており、老人ばかりの村人たちにも大きな変化はないようだ。

ただし、無用な外出が禁止されているため、家族と隣人以外は誰にも会わない日が続き、本当の状況はよくわからない。市町村ごとの感染者数発表も、流言飛語を避けるためか、いつの間にかなくなってしまった。たまに買い物に行っても、みんな慣れぬマスクをして苦しそうな顔をしており（生まれて初めてつけたひとが大半に違いない）、なんとなく話しかけづらい。フェイスブックで当初は、登山に行きたい、せめてひとりでジョギングくらいさせろ、と不平を言っていたこちらの山仲間たちも、そのうちなんとなく黙ってしまった。僕もそうだ。

世間の目をうかがう自粛、というのは、平均的なイタリア人にはもっとも似合わない行為だと自分はずっと思いこんでいた。それが今回、みんな案外と規律の取れた行動を取るので驚かされている。これが愛国心というものかと思ったが、なんとなく納得ゆかず、今も理由を考えているところだ。

各地の惨状を報道で見るうちに怖くなってしまったから、という意地の悪い見方も思いついたが、それだけだとも思えない。ひとの痛みを想像・共感する能力に長《た》けている、ということだろうか。

この隔離生活が果たしてあとどのくらい続くのかは正直わからない。でも、ジョルダーノの本を読んだ今は、そうした日々を無駄にはすまいと思えるだけの心の余裕ができた。だから是非とも今、多くのひとにこの本を読んでほしい。

今回の緊急出版では早川書房の千代延良介さんをはじめとするチームにとてもお世話になりました。ジョルダーノのメッセージを世に広げるため、ご協力いただいた数多《あまた》の皆々さまにも、最後になりますが、心よりお礼を申し上げます。

二〇二〇年四月
モントットーネ村にて

著者は本書の印税の一部を医療研究および感染者の治療に従事する人々に寄付することを表明しています。

本書におけるコロナウイルスに関する医学的な記述は、執筆時点の情報をもとに書かれたものです。最新の情報については、公的機関の発表をご参照ください。

訳者略歴　イタリア文学翻訳家　1974年生，日本大学国際関係学部国際文化学科中国文化コース卒，中国雲南省雲南民族学院中文コース履修，イタリア・ペルージャ外国人大学イタリア語コース履修。訳書にジョルダーノ『素数たちの孤独』『兵士たちの肉体』，フェッランテ『リラとわたし』（以上早川書房）他多数

コロナの時代《じだい》の僕《ぼく》ら

2020年4月20日　初版印刷

2020年4月25日　初版発行

*

著　者　パオロ・ジョルダーノ

訳　者　飯《いい》田《だ》亮介《りょうすけ》

発行者　早川　浩

*

印刷所　精文堂印刷株式会社

製本所　大口製本印刷株式会社

*

発行所　株式会社　早川書房

東京都千代田区神田多町2−2

電話　03-3252-3111

振替　00160-3-47799

https://www.hayakawa-online.co.jp

定価はカバーに表示してあります

ISBN978-4-15-209945-7　C0098

Printed and bound in Japan

乱丁・落丁本は小社制作部宛お送り下さい。

送料小社負担にてお取りかえいたします。